[美] 桑顿·W. 伯吉斯 / 著
王明飞 / 译

·西风妈妈和小动物们的

兔子彼得的恶作剧

人民东方出版传媒
東方出版社

图书在版编目（CIP）数据

兔子彼得的恶作剧 / （美）伯吉斯著；王明飞译. —
北京：东方出版社，2015
（西风妈妈和小动物们的故事）
ISBN 978-7-5060-8279-2

Ⅰ. ①兔… Ⅱ. ①伯… ②王… Ⅲ. ①童话—美国—现代 Ⅳ. ①I712.88

中国版本图书馆CIP数据核字(2015)第143468号

兔子彼得的恶作剧
（TUZI BIDE DE EZUOJU）
［美］桑顿·W. 伯吉斯 著　王明飞 译

策划编辑：李　斌
责任编辑：鲁艳芳　刘小兰
出　　版：東方出版社
发　　行：人民东方出版传媒有限公司
地　　址：北京市东城区朝阳门内大街192号
邮政编码：100010
印　　刷：日照教科印刷有限公司
版　　次：2015年9月第1版
印　　次：2019年5月第2次印刷
开　　本：880毫米×1230毫米 1/32
印　　张：3.5
字　　数：51千字
书　　号：ISBN 978-7-5060-8279-2
定　　价：19.80元

瞧，西风妈妈的孩子们——那些快乐的小微风又忙碌又开心，青蛙老爷爷的大嘴巴总是张得那么大，兔子彼得一不留神就被捉弄了，好一个爱吃甲壳虫的臭鼬吉米。咦？松鸡太太的蛋哪儿去了？猫头鹰老先生的眼睛怎么就固定不动了？鼬鼠沙道是不是比狐狸雷迪还让人讨厌？原来凶猛的山猫塔夫蒂也和兔子彼得一样有个那么短的尾巴……

德国著名作家席勒说过：“更深刻的意义蕴藏于我童年时听来的童话故事，而不是生活教我的真理。”美国“睡前动物童话大师”伯吉斯在热爱小动物、保护大自然的宗旨下，创作了一系列“西风妈妈和小动物们”的故事，每个故事都以一个小动物为主人公，通过描写他与其他小动物在日常生活中发生的一些有趣的、惊险的、神秘的事，告诉小朋友们正义总能战胜邪恶，美好定会战胜丑恶。

这套《西风妈妈和小动物们的故事》丛书在我国可是首次翻译出版，献给成长中的小朋友们，希望你们喜欢，并在愉快阅读时，能够展开丰富的想象力，慢慢领悟趣味故事中的道理和意义，学会思考和解决问题。同时，也希望你们和小动物们做朋友，向小动物们学习他们勇敢、善良和智慧的品质。让大家从童年起，就能够爱护自然，保护环境，为这些可爱、纯真却又时刻面临各种威胁的小动物们营造一个美好的家园而努力！

热爱你们的大朋友

2015年7月

致小读者

亲爱的小朋友们：

当你们翻开这套精美的童话书——《西风妈妈和小动物们的故事》，就会被一个个有趣的故事、可爱的小动物深深吸引，喜欢上格林森林里或格林牧场上的这些小精灵们，并和他们交上朋友。

你们会认识兔子彼得，他可是个活泼可爱、热心善良、无忧无虑的乐天派，每天都和居住在格林森林里或格林牧场上的小伙伴们快乐地生活着；他又是个爱观察、爱思考、好奇心很强的小家伙，一发现有趣的事情就跑到微笑池塘或哈哈溪，找青蛙老爷爷讲很久很久以前的故事，有时还会缠着其他小伙伴调皮又任性地玩耍……总之，和兔子彼得做朋友，与青蛙老爷爷、水貂比利、小水獭乔、麝鼠杰里、土拨鼠约翰尼、浣熊博比、松鸦塞米等小动物为伴，你们的生活也会变得多姿多彩，每天都有神奇的故事发生……

目录

第一章　红翼鸫太太的斑点蛋

清晨，西风妈妈踏着金色的光芒从紫山下来。她肩膀上扛着一个袋子——一个很大很大的袋子，袋子里都是她的孩子——快乐的小微风们。

西风妈妈从紫山下来，来到格林牧场，她边走边低声哼唱一首歌。

船舶在海洋上等待，
我必须尽快啊，尽快。
我迟到了磨坊就闲置了
我必须尽快啊，尽快。

当西风妈妈到达格林牧场的时候，她打开她的风袋，倒提着袋子摇晃，快乐的小微风们就都出来了，开始欢乐地转着圈。你知道的，他们整天都会在格林牧场上，直到西风妈妈晚上回来把他们带回紫山后面的家。

一开始，他们争先恐后地跑着去看土拨鼠约翰尼。他们发现他正坐在门外吃早餐。其中一个快乐的小微风搞起了恶作剧，把土拨鼠约翰尼正在吃着的玉米绿叶从他的嘴巴里拉了出来，然后就拿着它跑了。另一个开玩笑地拉了拉他的胡须，第三个弄乱了他的头发。

土拨鼠约翰尼假装非常生气，但其实他并不介意，因为他喜欢快乐的小微风们，每天都和他们玩耍。

如果他们戏弄土拨鼠约翰尼，说明他们对他很友好。当他们看到农夫布朗带着一把枪穿过格林牧场的时候，他们就都跑到土拨鼠约翰尼那里，轻声告诉他，农夫布朗来了。然后土拨鼠约翰尼就会藏起来，藏到他地下深处舒适的小房子里。农夫布朗就会奇怪，为什么他从来都无法靠近土拨鼠约翰尼射击他呢？他永远都做不到。

快乐的小微风们离开土拨鼠约翰尼后，他们会穿过格林牧场来到微笑池塘，去和坐在睡莲大绿叶上捉绿头苍蝇当早餐的青蛙老爷爷说早安。

“咳咳。”青蛙老爷爷说。这是他问候早安的方式。

正在这时，一只肥胖的笨绿头苍蝇飞了过来，青蛙老爷爷跳了起来。当他坐回睡莲大绿叶上的时候，肥胖的笨绿头苍蝇已经不见了，但青蛙老爷爷用一只手擦了擦他的白马甲，看起来满意极了。

“有什么消息吗，青蛙老爷爷？”快乐的小微风们叫道。

“红翼鸫太太在芦苇草丛的巢穴里新产了一个斑点蛋。”青蛙老爷爷说。

“我们必须去看看。”快乐的小微风们叫道，他们都朝长着芦苇草的沼泽地跑去。

还有个人也听说了芦苇草丛里红翼鸫太太的可爱小窝，他一大早就已经开始努力寻找了，他想偷斑点蛋，因为它们很好看。他是汤米·布朗，农夫布朗的儿子。

当快乐的小微风们到达长着芦苇草的沼泽地时，他们发现可怜的红翼鸫太太很沮丧。她很害怕汤米·布朗会找到她的可爱小窝，因为他已经离得很近很近了，而且他的眼睛非常非常锐利。

“噢，”快乐的小微风们叫道，“我们必须帮助红翼鸫太太保护她漂亮的斑点蛋，不能被坏蛋汤米·布朗找到。”

其中一个快乐的小微风把汤米·布朗的旧稻草帽从头上吹到了格林牧场上。汤米·布朗当然就去追草帽。当他停下来俯身去捡草帽的时候，另一个快乐的小微风又继续将它吹跑。然后他们轮流来，在汤米·布朗的手快抓到草帽的时候，一个快乐的小微风先把它吹跑，然后另一个快乐的小微风接着吹。他们追逐着旧草帽经过微笑池塘，跨过哈哈溪。汤米·布朗气喘吁吁地追着草帽跑，满脸通红，非常生气。穿过格林牧场来到森林边缘，快乐的小微风们将旧草帽挂在一棵荆棘树的中央。等到汤米·布朗拿到自己的帽子，重新把它戴到头上时，他已经完全忘记红翼鸫太太和她的可爱小窝了。而且，他刚才听到早餐号响了，所以他开始穿过森林沿着寂寞小路回家了。

所有的快乐的小微风都跳着舞穿过格林牧场来到生长着芦苇草丛的沼泽地，来看可爱小窝里的新斑点蛋，

在那里红翼鸫太太正愉快地唱着歌。当她唱歌的时候，快乐的小微风们就在芦苇丛里跳舞，因为他们知道，红翼鸫太太也知道，有一天漂亮的新斑点蛋会孵出一个红翼鸫小宝宝。

第二章　青蛙老爷爷为什么没有尾巴

西风妈妈已经去忙她一天的工作，让所有的快乐的小微风在格林牧场上玩耍。他们和蜜蜂玩了捉人游戏和赛跑，和太阳光束玩捉迷藏。现在他们都聚集在微笑池塘，青蛙老爷爷正坐在睡莲大绿叶上。

青蛙老爷爷年纪很大，而且非常非常有智慧。他穿着绿色的外套，声音很低沉。当青蛙老爷爷说话的时候，每个人都很尊敬地听着。即使是水貂比利也对青蛙老爷爷非常尊重，因为水貂比利的太爷爷都不记得青蛙老爷爷是什么时候就开始坐在睡莲大绿叶上捉笨绿头苍蝇的。

微笑池塘下面都是青蛙老爷爷的子孙后代。除非有人告诉你，否则你不会知道他们竟是青蛙老爷爷的子孙。他们看起来和青蛙老爷爷完全不像。他们又圆又胖，还

有长长的尾巴，也许这就是他们被叫作蝌蚪的原因吧。

“噢，青蛙老爷爷，告诉我们为什么您现在不像幼小时那样有尾巴呢？”其中一个快乐的小微风祈求道。

青蛙老爷爷迅速捉了只笨绿头苍蝇，坐在睡莲大绿叶上，所有的快乐的小微风都聚在一起听。

“很久很久以前，”青蛙老爷爷开始讲，“青蛙们统治着这个世界。世界的大部分都是水，很少有干燥的陆地，噢，确实是非常少。没有小男孩会扔石头，也没有饥饿的水貂捕捉正在晒太阳浴的小笨青蛙。”

水貂比利也和快乐的小微风们一起倾听，他局促不安，不好意思地扭开头。

“那时候，所有的青蛙都有尾巴，长长的尾巴很帅气，他们非常引以为傲，”青蛙老爷爷继续讲，“蛙王的体形是其他青蛙的两倍大，他的尾巴是其他青蛙的三倍长。他非常骄傲，噢，确实非常以自己的长尾巴为傲。他过去常常坐下来欣赏它，他觉得世界上从来不曾有过也不会再有一条这么棒的尾巴了。他过去常常在水里来回地挥舞尾巴。每次他挥舞尾巴的时候，其他青蛙都会大叫，

蛙王每天都会变得更加目中无人。他什么事也不做，只知道吃、睡、欣赏自己的尾巴。

“其他青蛙都和蛙王做一样的事情，所以很快就没有青蛙干活了，他们只是坐着吃、睡、欣赏自己的尾巴和蛙王的尾巴。

“现在你们都知道，在这个世界上那些没做出任何有价值的事情的人，是没有用的人，他们也没有立足之地。所以当大自然母亲看到青蛙部落变得这般无用，她就把蛙王叫到面前说：‘因为除了你的漂亮尾巴，你无心想别的，所以你的尾巴会离你而去。因为你只知道吃睡，所以你的嘴巴会变得像门一样宽，你的眼睛会从你的头上凸出来。你会变成罗圈腿，外表丑陋，全世界都会笑话你。’

“蛙王看着他漂亮的尾巴，它已经开始变短了。他又看了一次，又变短了。他每次看他的尾巴，它都会变得越来越小，越来越短。慢慢地，当他再看自己尾巴的时候，只剩了一小截残根，再也没有别的东西，他甚至扭动不了它了。然后连残根也消失了，他的眼睛也从头上鼓出来，嘴巴也变得越来越大。”

青蛙老爷爷停下，极度悲哀地看着笨绿头苍蝇飞过来。“咳咳。”青蛙老爷爷说，他的嘴巴张得很大，然后跳到空中。当他又坐到睡莲大绿叶上的时候，笨绿头苍蝇已经不见了。青蛙老爷爷咂了咂嘴巴，继续讲：“从那天起到现在，每只青蛙出生时尾巴都很长，他长得越大尾巴就变得越短，直到最后消失不见，然后他就会记住，炫耀大自然赋予自己的东西是多么愚蠢、多么无用。就这样我失去了尾巴。”青蛙老爷爷说完了。

“谢谢您，”快乐的小微风们都叫道，“我们不会忘记的。”

然后，他们就争先恐后地离开微笑池塘，看谁能第一个到土拨鼠约翰尼的家，告诉他农夫布朗拿着枪来格林牧场了。

第三章　受惊吓的狐狸雷迪

土拨鼠约翰尼和狐狸雷迪都住在格林牧场的边缘，离得很近。土拨鼠约翰尼又胖又圆。狐狸雷迪很苗条，穿着一件明亮的红外套。他喜欢突然从树后面跳出来，装作要把土拨鼠约翰尼整个儿吞下的样子，他常常这样吓唬土拨鼠约翰尼。

一个阳光明媚的夏日，土拨鼠约翰尼外出寻找鲜嫩的三叶草当美味的早餐。他走来走去，离长长牧草中舒适的小房子已有很长一段距离了，尽管他妈妈早已告诉过他不能离开家太远。但土拨鼠约翰尼像我认识的其他的小男孩一样，忘记了妈妈告诉他的一切。

他不停地走着。每隔几分钟土拨鼠约翰尼就看到前方像是有一片新鲜的三叶草丛。每次当他到达那里的时候，土拨鼠约翰尼就发现原来自己看错了。所以他就继续走啊走。

穿过格林牧场而来的西风妈妈看到土拨鼠约翰尼，问他要做什么。土拨鼠约翰尼假装没听到，只是走得更快了。

一个快乐的小微风在他前面跳着舞。

“小心啊，土拨鼠约翰尼，你会走丢的。”快乐的小微风叫道，然后拉了拉他的胡须，就跑了。

欢乐的圆圆的红太阳公公在天空中爬得越来越高了。每次土拨鼠约翰尼抬头看他的时候，太阳公公都在向他眨眼。

“我只要能看到又大又圆的红太阳公公还对我眨眼，就不会走丢。”约翰尼这样想着，为了寻找三叶草继续快步走着。

不久，土拨鼠约翰尼真的找到了一些三叶草，是格林牧场上生长着的最甜美的三叶草。土拨鼠约翰尼不停地吃着，然后你猜他做了什么？哎呀，他蜷缩在甜美的三叶草丛里睡着了。

又大又圆的红太阳公公继续在天空中爬，爬得越来越高，然后慢慢地开始从另一边落下了，长长的影子开始爬上格林牧场。土拨鼠约翰尼完全不知道这些，因为他睡着了。

过了一会儿，一个快乐的小微风发现土拨鼠约翰尼蜷缩成了一个滑稽的圆球。

“醒醒，土拨鼠约翰尼，醒醒。”快乐的小微风叫道。

土拨鼠约翰尼睁开眼睛，坐起来揉揉眼睛。有那么几分钟，他完全不记得自己在哪里。

过了一会儿，他坐得笔直，视线越过草丛，想看看自己是在哪里。但这里离他家太远了，他看不到任何一件熟悉的东西。树完全不一样，灌木丛也完全不一样。每件东西都不一样。土拨鼠约翰尼迷路了。

当土拨鼠约翰尼坐直的时候，狐狸雷迪碰巧从上面查看格林牧场，他看到了土拨鼠约翰尼伸出草丛的脑袋。

“哈哈，”狐狸雷迪说，“我要吓吓土拨鼠约翰尼，这样他就会后悔自己从家里跑出来。”

然后，雷迪在长草后面蹲下，蹑手蹑脚地爬着，在草丛中开辟着自己的道路，直到他爬到土拨鼠约翰尼的后面。土拨鼠约翰尼正在专心地寻找家的方向，没注意别的事情。

狐狸雷迪在土拨鼠约翰尼后面鬼鬼祟祟地使劲儿拉了一下约翰尼的小短尾巴，吓了土拨鼠约翰尼一大跳！他直直地跳到了空中，当他落回地上的时候，他成了居住在格林牧场上的最疯狂的小土拨鼠。

狐狸雷迪原以为约翰尼会跑，然后他就可以在后面追，拉他的尾巴，在他回家的路上一路戏弄他。如今狐狸雷迪也受到了惊吓，就像土拨鼠约翰尼被拉尾巴时受到的惊吓那样。土拨鼠约翰尼没有停下来考虑狐狸雷迪体形有他的两倍大，他的眼睛泛着光，拼命地吱吱叫，小身子上所有的毛发都竖了起来，所以他看起来有他实际样子的两倍大，他走向了狐狸雷迪。

狐狸雷迪很惊讶，他不知道该怎么办，于是就跑了。土拨鼠约翰尼在他后面追着跑，每隔一两分钟就掐一下狐狸雷迪的脚后跟。兔子彼得刚好在那条路上。他笔直地坐着观察周围，以防自己会被卷进什么灾难，他看见狐狸雷迪正用尽全力在奔跑。“一定是那个猎犬鲍泽，正在狐狸雷迪后面，”兔子彼得自言自语道，“他还没有发现我，我必须小心了。”

就在那时，他看到了毛发竖起的土拨鼠约翰尼正拼尽全力在狐狸雷迪后面追。

“哈，哈，哈，”兔子彼得叫道，“狐狸雷迪害怕土拨鼠约翰尼，哈哈。”

然后兔子彼得就溜去找臭鼬吉米、浣熊博比还有快乐的松鼠杰克，告诉他们土拨鼠约翰尼是怎样追着狐狸雷迪跑的，因为你知道的，他们都有一点儿害怕狐狸雷迪。

狐狸雷迪拼尽全力一直奔回了家，途中经过了土拨鼠约翰尼的家。现在约翰尼没有狐狸雷迪跑得快了，当他必须用力跑的时候，他这个肥胖的小土拨鼠累得气喘吁吁。因此，他暴躁的脾气也平复了，他认为狐狸雷迪被他吓到是最好的笑话。当他来到自己的房子时，他停下来，再次坐在后肢上。然后，他在狐狸雷迪后面尖声叫道：“狐狸雷迪是个胆小鬼，狐狸雷迪是个胆小鬼，狐狸雷迪是个胆小鬼。”

在草地上玩耍的西风妈妈的快乐的小微风们也都叫道："狐狸雷迪是个胆小鬼，胆小鬼。"

狐狸雷迪就是这样被惊吓到的，土拨鼠约翰尼也找到了回家的路。

第四章　臭鼬吉米为什么身穿条纹装

就像每个人都知道的，臭鼬吉米穿着黑白的条纹外套。很久很久以前，臭鼬家族的所有人都穿着黑色外套。他们的外套非常好看，是漂亮的有光泽的黑色。他们非常引以为傲，每天都格外小心地护理好几次。

那时候也有个臭鼬吉米，就像现在一样，他是臭鼬家族的首领。臭鼬吉米非常骄傲，认为自己绝对是个绅士。他非常独立，不关心任何人。就像很多独立的人一样，他从不考虑别人的权利。其实，据说在树林里和格林牧场上，臭鼬吉米的所有行为不是都能见光的。大家都知道他非常喜欢在晚上出来走动，但没人可以证明他就是夜晚恶作剧的罪魁祸首，因为没有人看见过他。你知道的，他的外套太黑了，在黑夜里根本不会被发现。

大约就在我所说的这个时候，松鸡太太在大松树脚下建了个巢穴，她在里面生了十五个漂亮的黄蛋。松鸡太太非常开心，确实非常开心，草地上知道她的喜事的小家伙们也很开心，因为他们都喜欢害羞、端庄的松鸡太太。每天早晨，兔子彼得小跑着来到寂寞小路，穿过树林经过大松树时，都会停下来和松鸡太太聊几分钟。快乐的松鼠杰克每天下午都会给她带来新闻。西风妈妈的快乐的小微风们每天跑过来十几次看她过得如何。

一天早晨兔子彼得像平常一样，来到寂寞小路跟大家说早安时，发现了一件可怕的事情。可怜的松鸡太太心都碎了。大松树下都是她漂亮的黄蛋的空蛋壳。它们都被打破了，散了一地。

“这是怎么了？”兔子彼得问道。

“我不知道，”松鸡太太啜泣着说，“晚上当我熟睡的时候，有什么东西扑到我身上。我挣脱了，飞到了大松树的树顶。早晨我就发现我的蛋都碎了，就像你现在看到的这样。”

兔子彼得非常仔细地看了看地面。他在大松树后面

找了找，在灌木丛后面看了看，他研究了地面，看起来非常睿智的样子。然后，他穿过寂寞小路来到格林牧场。他在土拨鼠约翰尼的房子前面停下。

“你的眼睛怎么瞪得又大又圆？”土拨鼠约翰尼问道。

兔子彼特靠得很近，在土拨鼠约翰尼的耳边轻声告诉了他自己所看到的事情。他们一起去了臭鼬吉米的住处。臭鼬吉米正躺在床上，当他来到门前时，显得非常困倦，也非常生气。兔子彼得把看到的事情告诉了他。

“太糟糕了，太糟糕了。”臭鼬吉米说，昏昏欲睡地打着哈欠。

“你不和我们一起努力找出是谁做的吗？”土拨鼠约翰尼问道。

臭鼬吉米说他很想去，但他早晨还有许多别的事情要做，他下午会和他们一起找的。兔子彼得和土拨鼠约翰尼就走了。很快他们就遇见了快乐的小微风们，也告诉了他们这个悲惨的故事。

“我们要怎么做？”土拨鼠约翰尼问道。

“我们这就去告诉大自然母亲，”快乐的小微风们叫道，“问她我们应该做什么。”

快乐的小微风们飞着去大自然母亲那里告诉了她整个悲惨的故事。大自然母亲非常专心地听着，然后她就让快乐的小微风们去告诉格林牧场上的所有人下午去大松树下面。那时不管大自然母亲命令什么，大家都会照做。他们不敢违背她。很快的，下午四点，格林牧场上所有的人都聚集在大松树的周围。心碎的松鸡太太坐在那里，身边是碎了一地的空蛋壳。

狐狸雷迪、兔子彼得、土拨鼠约翰尼、水貂比利、小水獭乔、麝鼠杰里、猫头鹰胡提、浣熊博比、松鸦塞米、乌鸦布雷奇、青蛙老爷爷、蟾蜍老先生、乌龟斯波提和快乐的小微风们都在那里。臭鼬吉米是最后一个来的。他穿着闪亮的黑外套，看起来很帅气，表现出对这桩悲惨事件的惋惜。臭鼬吉米告诉松鸡太太他感到很难过，大声要求找出罪犯并狠狠地惩罚他。

大自然母亲有着世界上最美的笑脸，但这次却非常非常严肃。她先让松鸡太太再次给她说了整个事件，这样所有人都可以听到。然后，要求大家轮流说出他们昨晚在什么地方。当太阳公公落到紫山后，土拨鼠约翰尼、快乐的松鼠杰克、花栗鼠、松鸦塞米和乌鸦布雷奇都上床睡觉了。麝鼠杰里、水貂比利、小水獭乔、青蛙老爷爷、乌龟斯波提都没有离开微笑池塘。浣熊博比在农夫布朗的玉米地里。猫头鹰胡提在格林牧场的南端觅食。兔子彼得在草莓园里。蟾蜍老先生在老树枝底下，他称那里是他的家。最后大自然母亲问了臭鼬吉米。吉米说他很累很累，很早就上了床，睡了整个晚上。

接着，大自然母亲问兔子彼得，那天早上他在蛋壳间找到了什么。

兔子彼得跳出来，在大自然母亲面前放了三根长长的黑色毛发。“这些，”兔子彼得说，“这些就是我在蛋壳间发现的。”

然后，大自然母亲叫来土拨鼠约翰尼。“告诉我们，土拨鼠约翰尼，”她说，“你今天早晨到臭鼬吉米家的时候，看到了什么？”

“我看到臭鼬吉米，”土拨鼠约翰尼说，“吉米看

起来很困很困。他的胡须好像是黄色的。”

“那就是了。”大自然母亲说，然后她就叫来了西风妈妈。

“你今天早晨什么时候来到格林牧场的？”

“天一破晓就来了，那时候太阳公公刚从紫山后升起来。”西风妈妈说。

“那你今天一大早看到了谁？”大自然母亲问道。

“我看到了浣熊博比从农夫布朗的玉米地里回来。”西风妈妈说，“我看到了猫头鹰胡提从格林牧场南端回来。我看到兔子彼得在草莓园里。最后我看到有个黑影从寂寞小路到了臭鼬吉米的家。”

每个人都紧紧盯着臭鼬吉米。吉米看起来很不高兴、很不安。

“谁穿着黑外套？”大自然母亲问道。

“臭鼬吉米。”牧场上的人都喊道。

“什么会让他的胡须变黄呢？”大自然母亲问道。

起先好像没人知道。然后，兔子彼得说出来：“可能是蛋黄。”

“谁会在阳光明媚的早晨昏昏欲睡呢？”大自然母亲问道。

“那些在外面待了一整晚的人。”土拨鼠约翰尼说，他总是太阳下山就上床。

“臭鼬吉米，”大自然母亲说，她的声音很严厉，确实非常严厉，她的表情看起来严肃极了，“臭鼬吉米，我认为打破松鸡夫人的蛋并把它们吃掉的人是你。你有什么要为自己辩护的吗？”

臭鼬吉米垂下头，没说一句话。他只想偷偷溜走。

“臭鼬吉米，”大自然母亲说，“因为你穿着你引以为傲的帅气黑外套在黑夜里行动，所以别人看不到，而现在你毫无信誉可言，从今以后你和你的子孙后代都只能穿条纹外套，这是不被信任的标志。你的外套从今以后会变成黑白色的，这样当你在黑夜里行动的时候，别人总是能看见你。”

这就是臭鼬吉米穿着黑白条纹外套的原因。

第五章　任性的小微风

西风妈妈很累，也有一点儿生气，生气是因为她很累。她整天都很忙。从大清早开始，她就忙着吹动大洋上船只的白帆，这样船就能开得更快；她让大大小小的风车不停地转动，运水给口渴的人喝，磨玉米给饥饿的人充饥；她吹散高高的烟囱、引擎和蒸汽船上的烟雾。是的，的确，西风妈妈非常非常忙。

现在她正路过格林牧场，在回自己紫山后的家的路上，她边走边打开自己的风袋，召唤自己的孩子——快乐的小微风们，他们已经在格林牧场上疯玩了一整天了。他们一个接一个地跳进袋子里，因为他们也累了，准备返回紫山后的家。

很快，几乎所有的快乐的小微风都进了风袋，只有一个任性的小微风想再玩一会儿，不准备回家。他在西

风妈妈前面跳舞、亲吻昏昏欲睡的雏菊、摇了摇打盹儿的毛茛，还把小白杨的树叶吹得舞动摇摆，他就是不到风袋子里面。所以西风妈妈关了风袋，扛在肩膀上。然后，她就动身回紫山后的家了。

她离开以后，落了单的任性的小微风突然感觉很孤独——确实是非常孤独。昏昏欲睡的雏菊不想玩耍。打盹儿的毛茛很生气。欢乐的圆圆的红太阳公公发了一天的光，现在戴上金色云朵制成的睡帽，上床休息了。黑影爬上了格林牧场。

任性的小微风开始希望自己和其他快乐的小微风们一起安全地待在西风妈妈的风袋里。

所以他想跨过格林牧场去寻找紫山。但现在所有的山都黑黢黢的，他分辨不出在哪座山后面能找到有西风妈妈和快乐的小微风们的家。他多么希望自己当时听西风妈妈的话啊。

不久，他蜷缩在刺檗丛下面，试图睡觉，但他很孤独。他太孤独了，他睡不着。月亮婆婆出来了，给格林牧场上洒满了月光，可那不像欢乐的圆圆的红太阳公公明亮

的光，因为它很冷很白，投下很多黑色的影子。

任性的小微风很快就听到猫头鹰胡提出来捕食田鼠当晚餐的声音。然后，在寂寞小路下方，狐狸雷迪快步向刺檗丛走来。他走得很轻，几乎每分钟都会转过头，向后看看是否有人跟踪他。很明显，狐狸雷迪打算干坏事。

狐狸雷迪到达刺檗丛，坐下来，叫了两次。猫头鹰胡提立刻回应并飞过去加入他。他们没看到任性的小微风正蜷缩在刺檗丛下，所以这两个恶棍专心地计划着干坏事。他们在计划偷偷跨过格林牧场去到布朗牧场边缘，山齿鹑怀特先生、漂亮的山齿鹑太太还有他们的十几个小怀特的家在那儿。

“当他们沿着地面跑的时候，我会抓住他们；当他们飞上天空的时候，你抓他们，我们把他们都吞下。”狐狸雷迪对猫头鹰胡提说。然后，他垂涎欲滴，猫头鹰胡提也咬了咬自己的喙，就像他们正在品尝鲜嫩的小怀特们一样。任性的小微风看见这一幕害怕得直发抖。很快，他们就开始向布朗牧场走去。

当他们在他的视线中消失时，任性的小微风跳起来，晃了晃自己。然后，他迅速穿过格林牧场，到达布朗牧场。因为他走得更快，也抄了捷径，所以他先到了。他必须搜来搜去寻找山齿鹑夫妇和所有的小怀特，不过最终还是找到了他们，他们都把头缩在翅膀下面睡觉呢。

任性的小微风很温柔地摇摇山齿鹑怀特先生。一瞬间他就很清醒了。

“嘘嘘，”任性的小微风说，“狐狸雷迪和猫头鹰胡提正在来布朗牧场的路上，他们想吞下你和山齿鹑太太还有所有的小怀特。”

“谢谢你，小微风，”山齿鹑怀特先生说，“我会搬家的。”

然后，他就叫醒了山齿鹑太太和所有的小怀特。山齿鹑怀特先生带路，他们都飞到布朗牧场远远的那一边，不久就安全地藏在了一棵杜松下。

任性的小微风看到他们安全了，当他们藏好了以后，他赶回山齿鹑怀特一家原来睡觉的地方。狐狸雷迪蹑手蹑脚地偷偷穿过牧场。猫头鹰胡提像一个黑影一样安静地飞着。当狐狸雷迪觉得已经足够靠近的时候，他集中精神，迅速地跳了起来，正好落在山齿鹑怀特先生的空床上。当发现山齿鹑怀特一家都不在那里时，狐狸雷迪和猫头鹰胡提看起来都很惊讶，也傻极了，而任性的小微风几乎笑出声来。

然后，狐狸雷迪和猫头鹰胡提就这里找找、那里找找，他们把整个布朗牧场都找遍了，也没能发现山齿鹑怀特一家。

任性的小微风回到杜松下，蜷缩在山齿鹑怀特先生旁边睡觉，因为他再也不孤独了。

第六章　狐狸雷迪捕鱼

有一天早晨，太阳公公非常非常明亮，格林牧场上非常非常温暖，狐狸雷迪沿着寂寞小路跳着，来到哈哈溪。在那个阳光明媚的早晨，狐狸雷迪蹦蹦跳跳自我感觉非常好。很快，他就看到土拨鼠约翰尼在自家小屋近旁笔直地坐着。

“土拨鼠约翰尼，嘿，嘿！土拨鼠约翰尼，嘿，嘿！约翰尼土拨鼠！”狐狸雷迪叫道。

土拨鼠约翰尼假装没听到。他妈妈告诉他不要和狐狸雷迪玩耍，因为狐狸雷迪是个坏家伙。

“土拨鼠约翰尼，嘿，嘿，嘿！土拨鼠约翰尼！”雷迪又叫道。

这次约翰尼转过身看了看。他看到狐狸雷迪翻了几个筋斗，追逐着他的尾巴，在小路上不断地转来转去。

“来吧，”狐狸雷迪说，“我们去捉鱼吧。”

“我不能。”土拨鼠约翰尼说，因为你知道，他妈妈告诉过他，不要和狐狸雷迪一起玩。

“我教你怎么捉鱼。”狐狸雷迪边说边努力跳出自己的影子。

“我不能。”善良的小土拨鼠约翰尼又说了一次，他转过身，这样就看不到狐狸雷迪又是追逐蝴蝶，又是和田鼠宝宝玩抛接球游戏了。

所以狐狸雷迪独自一人向哈哈溪走去。小溪欢笑着、歌唱着，流进大河。天空很蓝，阳光很明媚。狐狸雷迪跳上哈哈溪中间的大岩石，窥探着另一边。你猜他看到了什么？哎呀，鲑鱼夫妇和他们所有的孩子恰巧就在亲爱小池里面。

狐狸雷迪想捉一些小鲑鱼带回家当晚餐，但他不知道怎么捉。他平趴在大岩石上，将胳膊伸进亲爱小池，但所有的小鲑鱼都嘲笑狐狸雷迪，没有一条在他能够到的范围内。然后，鲑鱼先生飞快地游来，狐狸雷迪都没看到他，他就狠狠地咬了雷迪的小黑爪。

“哎哟。”狐狸雷迪叫道，把他的小黑爪从水里抽出来。所有的小鲑鱼都嘲笑狐狸雷迪。

这时候水貂比利来了。

“你好，狐狸雷迪。”水貂比利说，“在这儿做什么？”

“我正打算捉条鱼。”狐狸雷迪说。

“噗，那很简单，”水貂比利说，“我教你怎么做。”

于是，水貂比利在大岩石上、狐狸雷迪的旁边趴下，盯着亲爱小池，那里所有的小鲑鱼都在嘲笑狐狸雷迪，愉快极了。但水貂比利非常谨慎，谨慎极了，所以鲑鱼先生和鲑鱼太太都没有注意到他正盯着亲爱小池看。

当水貂比利看到所有的小鲑鱼都在亲爱小池里玩耍时，他笑了。“你数到三，狐狸雷迪，”他说，“我教你怎么捉鱼。”

“一！”狐狸雷迪说，“二！三！”

啪！水貂比利头朝下跳进亲爱小池。他激起的水花溅到了狐狸雷迪身上，把正在打盹儿的青蛙老爷爷都吓得从睡莲大绿叶上仰面掉进了水里。很快，水貂比利爬到了亲爱小池的另一边，非常肯定的是，他已经捉到了一条小鲑鱼。

“给我。”狐狸雷迪叫道。

“你自己捉，”水貂比利说，“水貂爷爷想要一条鱼当晚餐，所以我会把鱼带回家。你害怕了，狐狸雷迪。胆小鬼！胆小鬼！”

水貂比利抖抖小棕外套上的水，带着小鲑鱼回家了。

狐狸雷迪又趴在大岩石上，看着亲爱小池。他一条鲑鱼都看不到了。他们都和鲑鱼夫妇一起，藏得很安全。狐狸雷迪看了又看。太阳很温暖，哈哈溪正在唱着催眠曲呢，你猜怎么着？天哪，狐狸雷迪竟然在大岩石边缘睡着了。

不久，狐狸雷迪做起梦来。他梦到他有一件漂亮的防水棕色小外套，就和水貂比利穿的那件棕色小外套一样。是的，他梦到他学会了像水貂比利那样游泳捉鱼。他梦到亲爱小池里都是小鲑鱼，他刚想去捉一条。啪！狐狸雷迪从大岩石的边缘掉进了亲爱小池里。

水渗进狐狸雷迪的眼睛里，灌进他的鼻子里，他喝了那么多水，撑得他觉得自己永远也不再想喝水了。他美丽的红外套都湿透了，狐狸妈妈告诉过他要非常小心地保护自己的外套，因为他们一整年就只有这一件。他的裤子也湿透了，他引以为傲的美丽浓密尾巴也都是水，他都抬不起它来了，只能在他爬出亲爱小池后，把尾巴拖上岸。

“哈，哈，哈！”坐在树上的翠鸟先生笑道。

“呵，呵，呵！”青蛙老爷爷也笑了，他已经爬回自己的睡莲大绿叶上。

“嘿，嘿，嘿！”所有的小鲑鱼还有鲑鱼夫妇都笑了，在亲爱小池里游来游去。

“哈，哈，哈，呵，呵，呵，嘿，嘿，嘿！”水貂比利笑了，他刚回到大岩石，正好看到狐狸雷迪翻进水里。

狐狸雷迪没说话，觉得丢脸极了。他只好爬上寂寞小路往家走去，湿湿的尾巴拖在地上，沾满了泥土，在他后面流了一路的水。

土拨鼠约翰尼还是像妈妈告诉他的那样坐在门边。狐狸雷迪想偷偷地经过，不想被他看见，但土拨鼠约翰尼明亮的小眼睛还是看见了他。

“你在哪里捕的鱼啊，狐狸雷迪？”土拨鼠约翰尼叫道。

“你为什么不翻筋斗，跳过你的影子，追逐蝴蝶，和田鼠玩耍呢，狐狸雷迪？”土拨鼠约翰尼叫道。

但狐狸雷迪走得更快了。当他快到家的时候，他看到狐狸妈妈正坐在门口，大腿上横着一条大鞭子，因为狐狸妈妈已经告诉过狐狸雷迪不要靠近哈哈溪。

这就是我要给你们讲的狐狸雷迪捕鱼的故事。

第七章　臭鼬吉米寻找甲壳虫

臭鼬吉米一大清早就睁开眼，从自己位于山上的舒适小房子向外看。欢乐的圆圆的红太阳公公带着自己红红的笑脸，刚刚爬上天空。西风妈妈的肩膀上扛着大风袋，正要去格林牧场。臭鼬吉米知道那个袋子里装的是她的孩子——快乐的小微风们，她会把他们带到格林牧场上尽兴地玩上一天。

“早上好，西风妈妈，”臭鼬吉米礼貌地说，“你从小山下来的时候看到甲壳虫了吗？”

西风妈妈说，她下山的时候没有看见甲壳虫。

“谢谢你，”臭鼬吉米礼貌地说，“我想我还是自己去找吧，因为我饿极了。”

臭鼬吉米理了一下他漂亮的黑白外套，洗了洗脸和手，就开始外出去寻找甲壳虫当早餐了。起先他去了格林牧场，在土拨鼠约翰尼的房子前停下了，但土拨鼠约翰尼仍旧在床上睡觉。然后，臭鼬吉米就去找狐狸雷迪，看狐狸雷迪能不能和他一起帮他寻找些甲壳虫当早餐。但狐狸雷迪昨天很晚很晚的时候还在外面游荡，现在也还在床上睡觉。

于是，臭鼬吉米开始一个人沿着弯弯小路到山上找甲壳虫当早餐。他走得很慢，因为臭鼬吉米从来都是不慌不忙的。他停下来窥视每段朽原木的下面，看看那里是否有甲壳虫。不久，他来到弯弯小路边的一块大树皮旁。臭鼬吉米用两个小黑爪子抓住大树皮不停地拉。突然，那块大树皮一下子翻了过来，臭鼬吉米背部着地摔在了地上。

臭鼬吉米打了个滚又站起来的时候，蟾蜍老先生正坐在小路上，蟾蜍老先生确实非常非常生气。他的肚皮不断鼓着、喘息着，直到肚皮鼓到臭鼬吉米之前见过的两倍大才停下来。

“早上好，蟾蜍老先生，”臭鼬吉米说，“你看见甲壳虫了吗？”

蟾蜍老先生眨了眨圆鼓鼓的大眼睛说："你这是什么意思，臭鼬吉米，你为什么掀了我的屋顶？"

"那是你的屋顶？"臭鼬吉米礼貌地说，"我不会再这样了。"

然后，臭鼬吉米从蟾蜍老先生身旁走过，继续沿弯弯小路而上去寻找甲壳虫。

过了一会儿，他来到一个空心的老树桩前，老树桩一侧有一个完美的小圆洞。臭鼬吉米用自己的两只小黑爪子抓住洞的边缘，不停地拉啊拉。突然老树桩的整个一边都扯开了，臭鼬吉米又背部着地摔在了地上。

当臭鼬吉米又打了个滚站起来的时候，花栗鼠在小路正当中跳上跳下，他生气极了。

"早上好，花栗鼠，"臭鼬吉米说，"你看到甲壳虫了吗？"

但花栗鼠跳得比之前更快了，他说："你这是什么意思，臭鼬吉米，你为什么把我房子的侧面扯了下来？"

"那是你房子的侧面？"臭鼬吉米礼貌地说，"我不会再这样了。"

接着，臭鼬吉米从花栗鼠身旁走过，继续沿弯弯小路而上去寻找甲壳虫。

很快，他就看到了兔子彼得正沿着弯弯小路跳跃。“早上好，臭鼬吉米，这么早要去哪里啊？”兔子彼得问。

“早上好，兔子彼得。你看到甲壳虫了吗？”臭鼬吉米礼貌地问道。

“没有，我没看见，但我会帮你找一些。”兔子彼得说。说完他转过身，在臭鼬吉米前面，沿着弯弯小路向上跳去。

因为兔子彼得腿长，而且总是急急忙忙的，所以他先到了山顶。当臭鼬吉米到达山上弯弯小路的尽头时，他发现兔子彼得笔直地坐着，使劲儿地盯着一块大平板石头。

“你在看什么，兔子彼得？”臭鼬吉米问道。

“嘘嘘，”兔子彼得说，“我觉得岩石下面有甲壳虫，这里有一小截黑色的细绳露出来。我数到三的时候你抓起那条细绳使劲儿拉，或许你能在细绳的另一头找到一只甲壳虫。”

于是，等臭鼬吉米做好准备，兔子彼得就开始数了。

“一！”兔子彼得说，“二！三！”

臭鼬吉米抓着黑色细绳用力一拉，黑蛇先生出来了！臭鼬吉米拉的黑色细绳原来是黑蛇先生的尾巴，黑蛇先生很生气，确实非常生气。

“哈，哈，哈！”兔子彼得笑了。

“你这是什么意思，臭鼬吉米，”黑蛇先生说，“你为什么拉我的尾巴？”

“那是你的尾巴？”臭鼬吉米礼貌地说，“我不会再拉了。你看到甲壳虫了吗？”

但黑蛇先生没看到甲壳虫，他很生气，臭鼬吉米只好继续翻过小山去找甲壳虫。

兔子彼得还是不停地笑。他越笑，黑蛇先生就越生气，最后他跟在兔子彼得后面想给他一个教训。

这时，兔子彼得不笑了，因为黑蛇先生跑得很快。兔子彼得尽全力向弯弯小路下方跑去，黑蛇先生紧跟在他后面。

不过，臭鼬吉米可不知道黑蛇先生是否抓住了兔子彼得，给了他一个教训，因为臭鼬吉米找到了一些甲壳虫，在吃早餐呢。

第八章　水貂比利的游泳派对

水貂比利正沿着哈哈溪的岸边走下来。水貂比利确实感觉很不错。他享受了一顿丰盛的早餐，太阳温暖地照着，白色小云船正划过蓝天，而它们的影子也正掠过格林牧场，鸟儿在歌唱，蜜蜂嗡嗡地叫着。水貂比利觉得自己也想唱歌了，但他的嗓子并不适合唱歌。

不久，水貂比利来到了微笑池塘。哈哈溪在这里停下休息，然后汇入大河。它不再喧闹地欢声歌唱，只是躺在温暖的阳光下微笑。岸边的小花朵们都弯着腰向它点头。这棵山毛榉很有年纪了，偶尔会向河内投下一片叶子。香蒲们生在河岸边，保持根部凉爽。

水貂比利跳出来上了大岩石，向下看着微笑池塘。他看见青蛙老爷爷正坐在睡莲大绿叶上。

“您好，青蛙老爷爷。”水貂比利说。

“你好，水貂比利，”青蛙老爷爷说，“在这么一个阳光明媚的早晨，你又在打什么坏主意呢？”

水貂比利正好看见一颗棕色的小头颅沿着微笑池塘的一边游泳。

“你好，麝鼠杰里！”水貂比利叫道。

“你好啊，水貂比利，”麝鼠杰里叫道，“下来游泳吧，这水很不错啊！”

“好啊，”水貂比利说，“我们来举办个游泳派对吧。”

于是，水貂比利召集了西风妈妈所有的快乐的小微风，他们正在岸边与花朵嬉戏呢，他让他们去找小水獭乔，邀请他来参加游泳派对。很快快乐的小微风们就带着小水獭乔过来了。

“你好，水貂比利，”小水獭乔说，“我来了。”

“你好，小水獭乔，”水貂比利说，“到大岩石上来，看看我们谁能在微笑池塘里潜得最深。”

于是，小水獭乔和麝鼠杰里都爬到大岩石上，站在水貂比利的旁边，他们都穿着棕色泳装并肩站着，俯瞰着微笑池塘。

“当我数到三，我们就一起潜进池塘里，看看谁潜得最深。一！”水貂比利说，“二！三！”

当他数到三的时候，他们都一头扎进池塘里，溅起巨大的水花。惊得青蛙老爷爷掉下了睡莲大绿叶；也惊扰到了鲑鱼夫妇，他们笔直地跳出了水面；小蝌蚪们也吓了一跳，都藏进了淤泥里，只把滑稽的小鼻头露在外面。

“咳咳，”青蛙老爷爷说着，爬上睡莲大绿叶，“要不是我老了，我就给你们示范怎样潜水。”

“来吧，青蛙老爷爷。”水貂比利叫道，“教教我们怎样潜水。”

你猜怎么着？青蛙老爷爷确实很兴奋，他爬上大岩石，给他们示范如何潜水。啪！青蛙老爷爷跳进微笑池塘。啪！水貂比利紧跟着跳了下去。啪啪！小水獭乔和麝鼠杰里也紧跟着水貂比利跳了下去。

“哈哈。”翠鸟先生坐在老山毛榉的枝干上叫道。然后给他们示范他也会潜水。啪！他也跳进了微笑池塘。

他们弄出好大的动静！西风妈妈所有的快乐的小微风在岸边快乐地舞动着。乌鸦布雷奇和松鸦塞米飞出来

看发生了什么事情。

“现在让我们看看谁能在水里游得最远。”水貂比利叫道。

于是，他们都在微笑池塘的一边并肩站着。

“开始！”翠鸟先生一声令下，他们都跳了进去。水波在微笑池塘里漫延开来，然后水面就恢复了平静和微笑，好像没人跳进去一样。

青蛙老爷爷意识到他已不像过去那样年轻了，再不能像其他人游得那么快了。他开始上气不接下气，所以他游到水面，只伸出鼻尖来吸口气。松鸦塞米尖锐的眼睛发现了他。

“青蛙老爷爷在那里！”他叫道。

于是，青蛙老爷爷伸出头游到睡莲大绿叶上休息了。

大岩石上方有长长的三排小水泡冒到微笑池塘的水面上。那说明了水貂比利、小水獭乔和麝鼠杰里正在那边水下看不见的地方游着。他们从肺里呼出的气体产生了气泡。微笑池塘的正对面也冒出一排小气泡，然后在更远的另一边出口，两个头紧挨着一起从水里伸出来。

他们是水貂比利和小水獭乔。很快麝鼠杰里也在他们旁边伸出头来。

你知道的，他们完全游过了微笑池塘，他们当然不能游得再远了。

所以水貂比利的游泳派对很成功。

第九章　兔子彼得的恶作剧

一天早晨，当又大又圆的红太阳公公爬上天空的时候，西风妈妈把快乐的小微风们放到格林牧场上玩耍，土拨鼠约翰尼开始外出散步。他先坐得笔直向四周瞭望，看狐狸雷迪是否在附近，因为你知道的，狐狸雷迪喜欢戏弄土拨鼠约翰尼。

不过他没看见狐狸雷迪，于是土拨鼠约翰尼沿着寂寞小路向树林快步走去。太阳公公和从前一样耀眼，土拨鼠约翰尼非常非常胖，所以他感觉非常非常热。很快，他坐在大树下面一段原木的一头休息。

砰！什么东西正好砸到了土拨鼠约翰尼小圆脑袋的顶上。土拨鼠约翰尼跳了起来。

“你好，土拨鼠约翰尼。”一个好像从天空冒出来的声音说。土拨鼠约翰尼歪着头向上看。他正好看到快乐的松鼠杰克丢下一颗坚果。坚果掉下来正好砸到了土拨鼠约翰尼滑稽的小黑鼻子。

“噢！”土拨鼠约翰尼叫道，向后滚下了原木。但土拨鼠约翰尼又圆又胖的，这根本就伤不到他。

“哈！哈！哈！”快乐的松鼠杰克在树顶笑道。

“哈！哈！哈！”土拨鼠约翰尼笑着站了起来。然后他俩就一起大笑。这是个很好笑的笑话。

“你们在笑什么？”这个声音离土拨鼠约翰尼太近了，他惊讶得打了三个滚。那是兔子彼得。

“你在我的树林里做什么？”兔子彼得问道。

“我在散步呢。”土拨鼠约翰尼说。

“不错，”兔子彼得说，“我也一起来吧。”

于是，土拨鼠约翰尼和兔子彼得开始沿着寂寞小路穿过树林。兔子彼得跳着前进，他跳得很远，因为他的腿很长，天生是用来跳跃的。土拨鼠约翰尼尽管非常努力，但还是跟不上，因为他的腿很短。很快兔子彼得就轻轻地折了回来，他对着土拨鼠约翰尼的耳朵小声说：“我发现了一些东西。”

“是什么？”土拨鼠约翰尼问道。

“我会指给你看的，”兔子彼得说，“但是一定要非常非常安静，不要弄出一点儿声音来。”

土拨鼠约翰尼保证自己会安安静静的，因为他非常想看看兔子彼得发现了什么。兔子彼得小心翼翼地踮着脚尖沿寂寞小路穿过树林，他可爱的长耳朵直直伸向天空。土拨鼠约翰尼在他后面也踮着脚尖，想知道兔子彼得发现了什么。

他们很快就来到一段长满绿青苔的原木那儿，这段原木正正地横跨寂寞小路。兔子彼得停下来坐得笔直，他这边看看那边看看。土拨鼠约翰尼也停下来坐得笔直，看看这边看看那边，但他能看到的只有那段长满绿青苔的原木横跨过寂寞小路。

“是什么，兔子彼得？”土拨鼠约翰尼轻声说。

“现在还看不到，”兔子彼得小声说，“因为我们首先要跳过这段长满青苔的原木。我先跳，然后你就像我那样跳，这样你就能看到我发现的东西了。”兔子彼得说。

于是，兔子彼得就先跳了，因为他的长腿就是用来跳跃的。他跳过长满青苔的原木，然后就转过身坐下看土拨鼠约翰尼也跳过长满青苔的原木。

土拨鼠约翰尼努力想像兔子彼得那样，跳得又高又远，但他的腿非常短，不适合跳跃。而且，土拨鼠约翰尼非常非常胖。所以，尽管他很努力地像兔子彼得那样跳，他的脚趾还是碰到了长满青苔的原木。他摔过了原木，正好重重地摔倒在狐狸雷迪身上，原来狐狸雷迪在原木另一边睡觉呢。

兔子彼得捧腹大笑。

哎呀，土拨鼠约翰尼意识到自己做了什么时，害怕极了。他还没站起来，就直接滚到一棵小灌木后面，静静地躺着。

当土拨鼠约翰尼重重地摔在狐狸雷迪身上的时候，狐狸雷迪咕哝着醒来，先就看到兔子彼得捧腹大笑。狐狸雷迪没有停下来看看，他觉得是兔子彼得跳到他身上的，他跳起来就追兔子彼得。兔子彼得先是闪到树后面，接着跳过灌木丛，拼尽全力往这边跑跑往那边跑跑，因

为兔子彼得非常害怕狐狸雷迪。狐狸雷迪也跟着兔子彼得追到树后面，跳过灌木丛，往这边跑跑往那边跑跑，但他追不上兔子彼得。兔子彼得很快就来到臭鼬吉米的房子。他知道臭鼬吉米正在牧场上，于是他跳了进去。他安全了，因为臭鼬吉米的房门很小，狐狸雷迪挤不进来。狐狸雷迪坐下来等着，但兔子彼得没有出来。过了一会儿，狐狸雷迪就放弃了，快步走回家，狐狸妈妈正在家里等着他呢。

土拨鼠约翰尼就一直安静地坐着，看着狐狸雷迪费力地追兔子彼得。看到兔子彼得跳进了臭鼬吉米的房子，狐狸雷迪也回家了，他才站起来把自己的小外套梳理干净，快步返回寂寞小路，穿过树林，走上他自己熟悉的那条穿过格林牧场的小路，他看到西风妈妈的快乐的小微风们还在牧场上玩耍。他回到自己舒适的小屋里，觉得很安全。

第十章　松鸦塞米是怎么被发现的

松鸦塞米非常忙，确实非常忙。当任何人经过那条路的时候，松鸦塞米都会假装自己什么事情都没做，因为松鸦塞米自认为是一个很好的绅士。他漂亮的蓝外套缀有白色的装饰物，再加上他高高的帽子，他非常引以为傲。当土拨鼠约翰尼正在格林牧场上为自己舒适的小房子做新门时，他会坐在篱笆桩上逗弄土拨鼠约翰尼；当花栗鼠储存大量的玉米和坚果准备过冬时，他也会开花栗鼠的玩笑。因为大部分时间松鸦塞米是一个无所事事的家伙。当松鸦塞米“很”忙的时候，他肯定是忙着做一些他不应该做的事情，因为懒散的人总是喜欢干坏事。

松鸦塞米现在就在干坏事，这也就是为什么他觉得有人看他的时候，他都会假装什么事情也没做。

那天早晨，西风妈妈很早就从紫山后的家到了这儿。的确，当她跨过格林牧场去帮助大船越过海洋时，欢乐的圆圆的红太阳公公刚刚起床。西风妈妈的眼睛很锐利，在松鸦塞米看到她之前，她就已经看到松鸦塞米了。

“松鸦塞米在忙什么呢？他为什么这么安静？”西风妈妈想，“他一定在计划着干坏事。”

于是，她打开自己的大风袋，把快乐的小微风们放到格林牧场上玩耍，她让其中一个快乐的小微风去看看松鸦塞米正在老栗树上干什么。这个快乐的小微风舞动着跨过树顶，就像是满脑子只想着唤醒小树叶们让它们起舞。松鸦塞米警惕着西风妈妈和其他的快乐的小微风，完全没看到这个快乐的小微风。

这个快乐的小微风很快舞动着回到西风妈妈那里，在她耳边小声说：“松鸦塞米正在偷快乐的松鼠杰克藏在老栗树洞里的坚果，然后把它们藏到一个摇摇欲坠的鸟巢里。这个鸟巢是乌鸦布雷奇去年建在大松树上的。”“啊哈！”西风妈妈说。然后，她就继续穿过格林牧场。

“早上好，西风妈妈。”当她经过松鸦塞米坐着的篱笆桩时，松鸦塞米说道。

“早上好，松鸦塞米。”西风妈妈说，“这么早出来干什么呢？”

“为了健康啊，西风妈妈，”松鸦塞米礼貌地说，“医生嘱咐我每天清晨日出时刻都沐浴在露珠中。”

西风妈妈什么也没说，只是继续穿过格林牧场去吹动船舶驶过海洋。当她离开后，松鸦塞米赶紧拿起快乐的松鼠杰克的最后一颗坚果藏在大松树上的旧巢中。

可怜的快乐的松鼠杰克！很快，他就拿着一颗坚果蹦蹦跳跳地过来了，他把这颗坚果也放进老栗树洞里。当他瞥见自己储藏的所有坚果都消失不见的时候，他不敢相信自己的眼睛。他伸进一只爪子，四处摸索，但一颗坚果也没摸到。然后他就爬进去，可以肯定的是，洞内空空如也。

可怜的快乐的松鼠杰克！当他再爬出来的时候，眼睛里充满了泪水。他看了看四周，除了漂亮的松鸦塞米

没看到别人，松鸦塞米正忙着梳理他漂亮的蓝外套。

“早上好，松鸦塞米，你看到有人经过吗？”快乐的松鼠杰克问道，“有人偷了我储存在老栗树洞里的坚果。”

松鸦塞米假装感觉很难过，因为那时候他的声音是很甜美的，他就用最甜美的声音说，他会帮助快乐的松鼠杰克捉住那个偷了快乐的松鼠杰克储存在老栗树洞里的坚果的小偷。

他们一起跨过格林牧场，见到人就问他们是否看到偷了快乐的松鼠杰克储存在老栗树洞里的坚果的小偷。快乐的小微风们也帮忙一起去寻找，很快每个住在格林牧场或树林里的人都知道快乐的松鼠杰克储存在老栗树洞里的坚果被偷了。因为大家都很喜爱快乐的松鼠杰克，所以大家也确实为他感到难过。

第二天早晨，西风妈妈的快乐的小微风们很早就从大风袋里跑出来，因为他们有差事要做。他们在格林牧场上方飞着跑遍了整个树林，跑遍了整个哈哈溪和微笑池塘的角角落落，邀请每个人九点的时候聚集在山上的大松树下参加一个全体会议，努力找出那个偷了快乐的松鼠杰克储存在老栗树洞里的坚果的小偷。

因为每个人都喜爱快乐的松鼠杰克，所以大家都来到山上的大松树下。狐狸雷迪、浣熊博比、臭鼬吉米、花栗鼠（你知道的，他是快乐的松鼠杰克的表亲），还有水貂比利、小水獭乔、麝鼠杰里、困得睁不开眼睛的猫头鹰胡提、乌鸦布雷奇、土拨鼠约翰尼、兔子彼得，甚至连青蛙老爷爷都来了。松鸦塞米当然也在那儿，他看起来美丽极了。

当他们聚集在大松树周围时，西风妈妈指着树顶的旧巢：“那是你的窝吗？”她问乌鸦布雷奇。

“是的，但是我把它给了我的表亲——松鸦塞米。”乌鸦布雷奇说。

“那是你的窝吗？我能从里面拿一根木条出来吗？”西风妈妈问松鸦塞米。

“可以，”松鸦塞米礼貌地鞠着躬说，“你可以从里面拿一根木条出来。”他心想：“她只是从顶上拿一根木条，不会有问题的。”

西风妈妈突然鼓起脸颊使劲儿吹，从树顶的旧巢底部吹落了一根大木条，它掉在了大松树的枝杈上。木条掉下来之后，你猜怎么着？哎呀，山核桃、栗子、橡子还有榛子纷纷掉落，实在是太多了。

“哎呀！哎呀呀！”快乐的松鼠杰克叫道，“那都是我被偷的坚果！”

每个人都转过头看松鸦塞米，但他拼尽全力穿过树林飞走了。“站住，小偷！”西风妈妈叫道，“站住，小偷！”快乐的小微风们、土拨鼠约翰尼、水貂比利还有剩下的所有人跟着一起叫。可松鸦塞米没有停下来。

然后所有的人一起捡拾从松鸦塞米的旧巢里掉出的坚果。快乐的松鼠杰克带路，他们很快都来到老栗树洞，快乐的松鼠杰克再一次把坚果藏在他舒适的小树洞里。

从那天起，每当松鸦塞米试图发出声音时，他就只能叫出“贼！贼！贼！”的叫喊声。

第十一章 麝鼠杰里的派对

西风妈妈所有的快乐的小微风都忙着跨过格林牧场，有的朝这边飞，有的朝那边跑，还有的朝另外的方向舞动着。你明白的，麝鼠杰里让他们替他邀请大家来参加在微笑池塘的大岩石上举办的派对。

当然，每个人都说他们很高兴参加麝鼠杰里的派对。欢乐的圆圆的红太阳公公正是最耀眼的时刻。天空也正值最蓝的时刻，鸟儿们都许诺他们会参加派对为麝鼠杰里歌唱，所以格林牧场和树林里所有的小家伙都想去参加派对。

土拨鼠约翰尼、狐狸雷迪、臭鼬吉米、浣熊博比、快乐的松鼠杰克、花栗鼠、水貂比利、小水獭乔、青蛙老爷爷、蟾蜍老先生和黑蛇先生——都要去参加麝鼠杰里的派对。

当他们到达微笑池塘的时候，发现麝鼠杰里都已经准备好了。他的兄弟姐妹、七大姑八大姨、叔叔伯伯和表亲都在那里。微笑池塘里欢乐极了！水花溅得多么欢啊！水貂比利、小水獭乔和青蛙老爷爷一到这里就马上跳下去了。他们在水里玩捉人游戏，在大岩石后面玩捉迷藏，在滑梯上向下翻筋斗，玩得开心极了！

但狐狸雷迪、兔子彼得、浣熊博比、土拨鼠约翰尼、臭鼬吉米、快乐的松鼠杰克和花栗鼠都不会游泳，所以他们当然不能在水里玩捉人游戏、捉迷藏，也不能从滑梯上向下翻筋斗，他们能做的就是围成一圈观看，希望自己也会游泳。所以他们当然玩得不开心，很快就开始后悔来参加麝鼠杰里的派对。当麝鼠杰里发现他们玩得不开心的时候，他心里也不舒服。你知道的，他常年住在水里，完全忘记有些人是不会游泳的，不然他也绝不会邀请住在干燥陆地上的草地居民。

“我们回家吧。”兔子彼得对土拨鼠约翰尼说。

“我们在山上会玩得更开心。”土拨鼠约翰尼说。

就在这时，小水獭乔把一大截原木推到微笑池塘里。

“这是船，浣熊博比。你坐在末端，我推你越过微笑池塘。”小水獭乔叫道。

于是，浣熊博比爬上了大原木，紧紧地抓着原木，小水獭乔在后面一边游着，一边推动大原木。他们跨过微笑池塘又折了回来。浣熊博比觉得这样坐在原木上很好玩，想再来一次，但臭鼬吉米也想坐。所以浣熊博比就跳下去，换臭鼬吉米坐上来，小水獭乔又在后面推着他跨过微笑池塘。

然后麝鼠杰里找到了另一根原木，让兔子彼得坐了一次。麝鼠杰里的兄弟姐妹、七大姑八大姨、叔叔伯伯和表亲也都找到了原木，让狐狸雷迪和土拨鼠约翰尼，甚至是蟾蜍老先生都坐在上面，来来回回地跨过微笑池塘。

快乐的松鼠杰克在原木末端坐得笔直，摊开他浓密的大尾巴作为帆。快乐的小微风们不断地吹拂着，快乐的松鼠杰克环游了整个微笑池塘。

有时有人会掉进水里，浑身都湿透了，但麝鼠杰里或水貂比利总是再把他们拉出来，没人在意浸湿衣服这

种微不足道的小事。

小鸟们在微笑池塘周围的灌木丛里放声高歌。狐狸雷迪用最大音量叫喊着。快乐的松鼠杰克也喋喋不休起来。所有的麝鼠都不停地叫着，因为麝鼠杰里的派对好玩极了！

不久，太阳公公落到紫山后面他的家了，西风妈妈也带着所有的快乐的小微风跟着太阳公公回家了，闪闪发光的小星星们出来了，微笑池塘又恢复了宁静，但大家想起在麝鼠杰里举办的派对上的愉快时光，都开心不已。

第十二章　浣熊博比和狐狸雷迪耍心机

这是个夜晚。所有的小星星都俯瞰大地，星光闪耀。月亮婆婆正竭力像白天的太阳公公那样把格林牧场照亮。除了猫头鹰胡提、夜鹰布默和嘈杂的三声夜鹰，所有的小鸟都在自己的小巢穴里睡着了。西风妈妈的快乐的小微风们也都去睡觉了。一切都安静极了。太安静了，所以沿着寂寞小路穿过树林的浣熊博比只能自言自语。

“我不知道人们为什么要白天玩一整天，晚上睡一整晚。”浣熊博比说，“夜晚最适合外出走动了。狐狸雷迪——”

“说到狐狸雷迪时，说话可要注意了。”一个声音从浣熊博比后面传来。

浣熊博比快速转过身，因为他以为这里只有他自己一个人呢。那是狐狸雷迪，正沿着寂寞小路小跑着穿过树林而来。

“我以为你在家睡觉呢，狐狸雷迪。”浣熊博比说。

“你错了，”狐狸雷迪说，“如你所见，我在月光下散步呢。”

于是，浣熊博比和狐狸雷迪一起沿着寂寞小路穿过树林到格林牧场。他们遇见了臭鼬吉米，吉米梦见山上有很多甲壳虫，正要爬上弯弯小路去看看。

“你好，臭鼬吉米，”浣熊博比和狐狸雷迪说，“和我们一起去格林牧场吧。”

臭鼬吉米答应了，他们一起去格林牧场，浣熊博比在前面，狐狸雷迪在中间，臭鼬吉米在最后面，因为他从来都不紧不慢的。他们很快来到了土拨鼠约翰尼的房子前。

“听，”浣熊博比说，“土拨鼠约翰尼在睡觉呢。”

他们都听了听，能听到土拨鼠约翰尼在舒适的小床上打呼噜。

“我们给土拨鼠约翰尼一个惊喜吧。”狐狸雷迪说。

“什么惊喜？”浣熊博比问道。

“我知道。”狐狸雷迪说，“我们来把那块大石头滚到土拨鼠约翰尼的门口，这样他早晨只能自己挖路出门了。”

于是，浣熊博比和狐狸雷迪又拖又拉地把大石头滚到了土拨鼠约翰尼的门口。臭鼬吉米假装没看到他们做什么。

“现在我们去哈哈溪叫醒青蛙老爷爷，听他的‘呱呱’声。”浣熊博比说。

“来吧，”狐狸雷迪叫道，“我先走。”

狐狸雷迪跑到寂寞小路上，后面跟着浣熊博比，他们要去把正在睡莲大绿叶上舒服酣睡的青蛙老爷爷叫醒。

但臭鼬吉米没去。他目送狐狸雷迪和浣熊博比走远，直到他们快到哈哈溪了，然后他开始在大石头一侧挖土，大石头就堵在土拨鼠约翰尼的家门口。哎呀，他弄得尘土飞扬的。很快臭鼬吉米就挖出足够大的洞，去叫土拨鼠约翰尼，而他正在下面舒适的小床上熟睡打呼噜呢。

“土拨鼠约翰尼，嘿，嘿！土拨鼠约翰尼！”臭鼬吉米叫道。

但土拨鼠约翰尼只管打着呼噜。

“土拨鼠约翰尼，嘿，嘿！土拨鼠约翰尼！”臭鼬吉米再次叫道。

可土拨鼠约翰尼还是在打呼噜。然后臭鼬吉米又叫了他一次，这次比之前叫得都大声。

“是谁？”昏昏沉沉的声音问道。

“我是臭鼬吉米。穿上外套，上这里来。”臭鼬吉米说道。

“走开，臭鼬吉米。我想睡觉！”土拨鼠约翰尼说。

“我给你准备了一个惊喜，土拨鼠约翰尼。你最好过来。”臭鼬吉米透过他挖的小洞叫道。当土拨鼠约翰尼听到臭鼬吉米说给他准备了惊喜的时候，他立刻就来了兴趣。他尽管非常非常困，还是穿上外套上门口看看臭鼬吉米给他准备了什么惊喜。当他看到狐狸雷迪和浣熊博比放在那里的大石头，他确实很惊讶。他觉得是臭鼬吉米对他开了个低劣的玩笑，有一会儿他非常生气，但臭鼬吉米很快告诉他是谁在他家门口堵上大石头的。

“现在你从那边开始推，土拨鼠约翰尼，我从这边拉，我们很快就能把大石头从你家门口移开。”臭鼬吉米说。

于是，土拨鼠约翰尼推，臭鼬吉米拉，可以肯定的是，他们很快就把大石头从门口给移开了。

“现在，”土拨鼠约翰尼说，“我们滚动这个石头，顺着寂寞小路，去狐狸雷迪的房子那儿吧，我们给狐狸雷迪一个惊喜。”

土拨鼠约翰尼和臭鼬吉米又拖又拉把大石头滚到了狐狸雷迪的房子那儿，可以肯定的是，石头堵在了狐狸雷迪的家门口。

“晚安，臭鼬吉米。”土拨鼠约翰尼说完就沿着寂寞小路小跑着回家了，一路上都在窃喜。

臭鼬吉米慢慢地沿着寂寞小路回到树林，因为他从不匆忙。他很快就来到了浣熊博比居住的大空心树，他在那儿遇到了猫头鹰胡提。

“你好，臭鼬吉米，你去哪儿了？”猫头鹰胡提问道。

“就散了个步，”臭鼬吉米说，“谁住在这个空心树里？”

臭鼬吉米当然一清二楚，但他假装不知道。

“噢，这是浣熊博比的家。”猫头鹰胡提说。

“我们给浣熊博比一个惊喜吧。”臭鼬吉米说。

“怎么做？”猫头鹰胡提问道。

“我们把他的家里填满树枝和叶子吧。”臭鼬吉米说。

猫头鹰胡提觉得这是一个很有趣的玩笑，于是臭鼬吉米收集了他能找到的所有的枯树枝和叶子。猫头鹰胡提把它们都填到了浣熊博比的老树洞里，直到填得满满的再也塞不进去了为止。

“晚安。”臭鼬吉米说完就爬上弯弯小路回自己舒适的小家了。

“晚安。”猫头鹰胡提说着像一大片轻柔的阴影飞到了大松树上。

不久，月亮婆婆刚要上床，所有的小星星也都困得不再眨眼睛的时候，狐狸雷迪和浣熊博比非常累，他们在哈哈溪里玩得浑身湿透了，他们来到寂寞小路，准备倒进自己舒适的小床。想起对土拨鼠约翰尼的恶作剧，想起他们是怎么惊醒青蛙老爷爷的，还有别的恶作剧的

时候，他们窃喜不已。当他们回到自己的家发现也被别人耍了之后，你猜他们说了什么？

我确实不知道，但山上的欢乐的圆圆的红太阳公公窥探到狐狸雷迪和浣熊博比时哈哈大笑，他也不说是为什么。

第十三章　土拨鼠约翰尼找到了全世界最好的东西

西风妈妈停下来，和纤细的冷杉树聊天。“我刚刚跨过格林牧场，”西风妈妈说，“在那儿，我见到了世界上最好的东西。”

花栗鼠在纤细的冷杉树下面坐着，不小心听到了西风妈妈说的话。“世界上最好的东西，那是什么呢？”花栗鼠想，“哎呀，一定是很多很多的坚果和橡子！我要去找到它。”

于是，花栗鼠开始踏上寂寞小路穿过树林，拼尽全力奔跑。不久他遇见了兔子彼得。

“你这么匆忙是要去哪里啊，花栗鼠？”兔子彼得问道。

“去格林牧场找世界上最好的东西。”花栗鼠答道，跑得更快了。

“世界上最好的东西，”兔子彼得说，“哎呀，一定是一大堆胡萝卜和卷心菜。我要去找到它。”

兔子彼得也开始踏上寂寞小路穿过树林，拼尽全力追赶花栗鼠。

当他们经过大空心树的时候，浣熊博比把头伸出来，问道：“你们这么匆忙是要去哪里啊？”

“去格林牧场找世界上最好的东西啊！”花栗鼠和兔子彼得喊道，两个人开始跑得更快了。

“世界上最好的东西，”浣熊博比自言自语道，“哎呀，一定是满地甜美多汁的玉米，我要去找到它。”

所以浣熊博比爬下老空心树，开始踏上寂寞小路穿过树林去往格林牧场，他拼尽全力跟在花栗鼠和兔子彼得后面，因为浣熊博比最喜欢吃的就是甜美多汁的玉米。

在树林的边缘，他们遇到了臭鼬吉米。

“你们这么匆忙是要去哪里呀？”臭鼬吉米问道。

“去格林牧场找世界上最好的东西啊。”花栗鼠、兔子彼得和浣熊博比叫道。然后他们就跑得更快了。

“世界上最好的东西，”臭鼬吉米说，“哎呀，那一定是一大堆一大堆的甲壳虫。”然后他破天荒地匆忙沿寂寞小路追赶花栗鼠、兔子彼得和浣熊博比。

他们都跑得很快，甚至都没看到狐狸雷迪，他从高高的草丛里跳出来问道：“你们这么匆忙是要去哪里啊？”

“去找世界上最好的东西啊。”花栗鼠、兔子彼得、浣熊博比和臭鼬吉米叫道，他们都竭力跑得更快了。

“世界上最好的东西，”狐狸雷迪自言自语道，“哎呀，那一定是满满一围栏的小嫩鸡，我要去找它们。”

于是，狐狸雷迪也拼尽全力跟在花栗鼠、兔子彼得、浣熊博比和臭鼬吉米身后，沿着寂寞小路奔跑。

不久，他们来到土拨鼠约翰尼的房前。

“你们这么匆忙是要去哪里啊？”土拨鼠约翰尼问道。

“去找世界上最好的东西啊。”花栗鼠、兔子彼得、浣熊博比、臭鼬吉米和狐狸雷迪叫道。

“世界上最好的东西，”土拨鼠约翰尼说道，“哎呀，没有什么比我自己的小房子、温暖的阳光和漂亮的蓝天更好的东西了。”

所以土拨鼠约翰尼就待在家里，一整天都和西风妈妈的快乐的小微风们在花丛间玩耍，非常开心。

花栗鼠、兔子彼得、浣熊博比、臭鼬吉米和狐狸雷迪一整天都在格林牧场上跑来跑去，努力寻找世界上最好的东西。太阳非常非常温暖，他们跑得太远了，又跑得太快，所以他们感到又热又累，可他们还是没找到世界上最好的东西。

当漫长的一天结束，他们开始走上寂寞小路，路过土拨鼠约翰尼的房子回自己的家。他们都不急不忙的，因为他们非常非常累！他们也很生气，噢，很生气！花栗鼠一个坚果都没找到。兔子彼得一片卷心菜的叶子都没找到。浣熊博比一小口甜美多汁的玉米都没找到。臭鼬吉米一只甲壳虫都没找到。狐狸雷迪也没听到小嫩鸡的叫声。他们都很饿，前所未有的饥饿。

在寂寞小路的半路上，他们遇到了西风妈妈，她正在赶回紫山后面的家。“你们找到世界上最好的东西了吗？”西风妈妈问道。

“没有。”花栗鼠、兔子彼得、浣熊博比、臭鼬吉米和狐狸雷迪一起叫道。

“土拨鼠约翰尼找到了，”西风妈妈说道，“满足于自己所拥有的，不去觊觎别人的东西。这就叫知足常乐。”

第十四章　小水獭乔的滑梯

整个阳光明媚的早晨，小水獭乔和水貂比利都在微笑池塘周围玩耍。他们捕了鱼，给水貂爷爷和眼盲的水獭老婆婆带回了一顿丰盛的鲑鱼大餐。他们和快乐的小微风们玩起了捉迷藏。他们用尽了各种恶作剧的手法，现在不知道要干什么了。

他们在大岩石上肩并肩坐着，试着把对方推下微笑池塘。圆圆的微笑着的红太阳公公把格林牧场照得真是很温暖。狐狸雷迪透过高高的草丛听到他们的嬉闹声和叫喊声，知道他们在愉快地玩耍，他也希望自己喜欢凉爽的河水并且会游泳。

“我想起来了！”小水獭乔叫道。

“什么？”水貂比利问道。

小水獭乔没有说话，但是看起来很睿智的样子。

“吃的东西？”水貂比利问道。

“不是。”小水獭乔说。

“我才不信你想起了什么。”水貂比利说。

“我想到的。”小水獭乔说，“是要去做的事情。”

“什么？”水貂比利问道。

就在那时，小水獭乔瞥见了麝鼠杰里。“你好，麝鼠杰里。到这里来啊！”他叫道。

麝鼠杰里游过大岩石，爬到水貂比利和小水獭乔的旁边。

“你们两个家伙在做什么呢？”麝鼠杰里问道。

“在做好玩的事情，”水貂比利说，“小水獭乔想到了要做的事情，可我不知道是什么。”

“我们滑滑梯吧。”小水獭乔叫道。

“你给我们示范怎么做。”水貂比利说道。

于是，小水獭乔在岸边找到了一个平滑的好地方，水貂比利和麝鼠杰里带回了泥土，帮助小水獭乔把滑梯弄得更光滑，然后他们就建成了世界上最可爱的滑梯。小水獭乔爬上岸来到滑梯的顶部，然后躺平。水貂比利

推了他一下，他就开始沿着滑梯向下滑动，滑进微笑池塘，溅起水花。麝鼠杰里也试了下，接着是水貂比利。然后他们三个就都再玩一次。有时他们也会背部躺平滑滑梯，有时是腹部卧平滑滑梯，有时是头在上，有时是脚在上。他们玩得愉快极了。就连青蛙老爷爷也过来试了一下滑梯。

在格林牧场上的土拨鼠约翰尼听到嬉闹声，偷偷沿着寂寞小路下来看。在山上寻找甲壳虫的臭鼬吉米听到嬉闹声，都忘记给自己找早餐了。正在小憩的狐狸雷迪也被惊醒了，急忙跑来看。最后兔子彼得也过来了。

小水獭乔看到兔子彼得过来，于是说："你好，兔子彼得。过来玩玩滑梯啊。"

兔子彼得不会游泳，但他假装自己不想玩。

"我把我的泳衣忘在家里了。"兔子彼得说。

"没事，"水貂比利说，"太阳公公会把你晒干的。"

"我们也会帮助你的。"西风妈妈的快乐的小微风们说。

但是兔子彼得还是摇摇头说："不。"

水貂比利、小水獭乔、麝鼠杰里还有青蛙老爷爷顺着滑梯滑进微笑池塘，速度越来越快。

兔子彼得靠得越来越近，然后他就站在了滑梯的顶部。水貂比利悄悄地来到他背后，推了他一把。兔子彼得的长腿没能站稳，重重地撞落在滑梯上。“噢！”兔子彼得叫道，想要停下。但他做不到，他沿着滑梯滑了一段距离，滑进了微笑池塘，溅起水花。

“哈！哈！哈！”水貂比利笑道。

“呵！呵！呵！”小水獭乔笑道。

“嘿！嘿！嘿！”麝鼠杰里、青蛙老爷爷、松鸦塞米、臭鼬吉米、狐狸雷迪、乌鸦布雷奇和翠鸟先生都笑了，因为你知道的，兔子彼得老是开他们的玩笑。

可怜的兔子彼得。水渗进他的眼睛里，灌进他的鼻子里，流进他的嘴巴里，他被呛得连咳嗽带喷水，却回不到岸边，因为你知道的，兔子彼得不会游泳。

小水獭乔看到兔子彼得狼狈的样子，他潜到微笑池塘里，抓起兔子彼得的一只长耳朵。水貂比利也游过去，抓起兔子彼得的另一只长耳朵。麝鼠杰里游到兔子彼得下面，托住他的背。然后青蛙老爷爷领着路，他们带着兔子彼得游过微笑池塘，把他拉到了长满青草的岸上，那里既舒适又温暖。西风妈妈的快乐的小微风们都过来帮助太阳公公把兔子彼得吹干。

然后他们都坐在一起，看小水獭乔在滑梯上翻筋斗。

第十五章　不专心听话的鲑鱼汤米的故事

鲑鱼夫妇和一大群小鲑鱼住在哈哈溪里，那里整天都泛着涟漪和歌声。小鲑鱼的数量太多了，所以鲑鱼夫妇每天都忙着给他们找早餐、中餐和晚餐，还要照顾他们，教他们如何游泳，如何捕捉偶尔落到水面上的小笨苍蝇，如何躲避饥饿的大鱼、眼睛锐利的翠鸟先生还有拿着鱼钩和线前来钓鱼的大人和小孩。

所有的小鲑鱼都很好，都很听鲑鱼太太的话，除了鲑鱼汤米外。鲑鱼汤米从来不专心听别人讲话。别人和他说话的时候他从不专心，他总是要过一会儿才能集中注意力。

鲑鱼汤米也不是故意这么不听话的。噢，哎呀，是的，他只是想自主行事。因为他自主行事不专心听鲑鱼太太的话，现在鲑鱼汤米已经不存在了。是的，先生，连他漂亮小外套的一个蓝色小斑点都没能留下来，因为，哎呀，只是因为鲑鱼汤米不专心听话。

有一天，当欢乐的圆圆的红太阳公公正闪耀着，哈哈溪在汇入大河的途中放声高歌，鲑鱼太太开始去寻找一些又好又胖的苍蝇当晚餐。所有的小鲑鱼都在亲爱小池里玩耍，躲在小池的大岩石后面很安全。在她出发之前，鲑鱼太太让所有的小鲑鱼围在自己身边，告诉他们当她离开的时候，他们不要离开小池塘。“因为，”她说，“你们可能会遇到一些可怕的事情。”

所有的小鲑鱼都保证他们一定会待在亲爱的小池塘里面，除了鲑鱼汤米。然后他们就开始跳跃、互相追逐，玩得开心极了，除了鲑鱼汤米。

鲑鱼太太刚离开，鲑鱼汤米就自己游到池塘边缘。“我想知道大岩石的另一边是什么样子，”鲑鱼汤米说，“太阳正在闪耀，小溪正在欢笑，如果我离开一小段距离，是不会有什么事的。”

于是，在没有人看到的时候，鲑鱼汤米溜出了安全的、所有的小鲑鱼都在那儿玩耍的小池塘。他往池塘外游出了一点点距离。现在他几乎能看到大岩石的另一边了。然后他又游得更远一点儿，噢，哎呀，哎呀，他正对着体形巨大的梭子鱼先生张着的嘴巴。梭子鱼非常喜欢吃小鲑鱼，希望每天都能把小鲑鱼当早餐。

“哈哈！”梭子鱼先生说，大嘴张得大大的。

鲑鱼汤米转身开始游向亲爱的安全的小池塘，所有的小鲑鱼正在那儿开心地玩耍，但太迟了。他已经在梭子鱼先生的大嘴巴里，他被整个吞下了。

“哈哈，”梭子鱼先生说，“我喜欢吃小鲑鱼。”

不专心听话的鲑鱼汤米就再也没动静了。

第十六章　乌龟斯波提赢赛跑

居住在格林牧场上、微笑池塘里还有哈哈溪旁的所有人，都将迎来一个节日。西风妈妈的快乐的小微风们非常忙——确实是非常忙——忙着给草地上的小家伙们传话呢。你看，兔子彼得已经在吹嘘自己能跑得多么快了。狐狸雷迪很肯定自己跑得比兔子彼得更快。水貂比利这个跑起来快得几乎无影无踪的家伙，很肯定自己比兔子彼得还有狐狸雷迪跑得都快。有一天，他们在微笑池塘旁边相遇了，都同意让青蛙老爷爷来决定谁是跑得最快的。

大家都觉得青蛙老爷爷很智慧。你知道的，他的年纪很大，噢，比其他人的年纪都大，因此凭着年纪带来的智慧，大家总请他来解决争论。他坐在他的睡莲大绿叶上，水貂比利坐在大岩石上，兔子彼得和狐狸雷迪则坐在岸边。他们轮流解释为什么觉得自己是跑得最快的。青蛙老爷爷一直听着，一句话没说，一直等到他们都说完。当他们都说完的时候，青蛙老爷爷停下来捉了一只笨绿头苍蝇，然后说："判断谁跑得最快的最好方法就是举办一场赛跑。"

兔子彼得、狐狸雷迪还有水貂比利达成了一致，从格林牧场边缘的老白胡桃树开始，跑过格林牧场到达对面的小山，每个人都从那里生长着的大山核桃树带回一颗坚果。第一个带着坚果到达老白胡桃树的人就是胜利者。快乐的小微风们飞过整片格林牧场告诉了所有人赛跑的消息，大家都决定去那里观看。

那是一个美丽的夏日。太阳公公微笑着，他越笑天气就越炎热。所有人都在这里观看赛跑——花栗鼠、快乐的松鼠杰克、松鸦塞米、乌鸦布雷奇、猫头鹰胡提还有浣熊博比都坐在老白胡桃树上，那里树荫遮蔽，非常凉爽。土拨鼠约翰尼、麝鼠杰里、臭鼬吉米、小水獭乔、青蛙老爷爷，甚至蟾蜍老先生都在那里。最后乌龟斯波提也来了。乌龟斯波提走路非常慢，根本就不能跑。当兔子彼得看到乌龟斯波提向着老白胡桃树走来时，他叫道："来啊，乌龟斯波提，你难道不想和我们一起赛跑吗？"

所有人都笑了，因为你知道的，乌龟斯波提走得非常非常慢，但乌龟斯波提没有笑，也没有因为别人都在笑而生气。

"有一句很有道理的谚语，兔子彼得，"乌龟斯波提说，"跑得最快的人并不一定第一个到达目的地。我会参加赛跑的。"

所有人都觉得这是他们这么长时间以来听到的最好笑的笑话，所以他们笑得比之前更厉害了。他们都同意乌龟斯波提参加赛跑。

他们站成了一排，兔子彼得第一个，水貂比利第二个，然后是狐狸雷迪，狐狸雷迪右边是乌龟斯波提。

"你们准备好了吗？"青蛙老爷爷问道，"开始！"

兔子彼得跳跃着跑起来。他后面是跑得很快的水貂比利，就像一条棕色的小条纹穿过高高的草丛，和他并肩的是狐狸雷迪。就在他们起跑的时候，乌龟斯波提抬手抓住了狐狸雷迪大尾巴尖上的长毛。雷迪当然没停下

来把他甩下去，因为兔子彼得和水貂比利都跑得太快了，他必须拼尽自己的全力去追赶他们。而且，他甚至都不知道乌龟斯波提在自己的尾巴上。你知道的，乌龟斯波提不是很重，狐狸雷迪太兴奋了，所以都没注意到自己的尾巴比平时重了。

快乐的小微风们也飞着跟过去，去看赛跑是否公平。兔子彼得大步跳跃前进。每次他来到小灌木丛前都恰好可以跳过去，因为兔子彼得的腿很长，天生就是用来跳跃的。水貂比利很瘦，所以他在灌木丛和草丛中穿越的时候就像一条棕色小条纹。但比兔子彼得和水貂比利都大的狐狸雷迪也可以追上他们。他们没有注意到乌龟斯波提正牢牢地吊在雷迪的尾巴梢上呢。

大山核桃树生长在这座小山上，山脚下有个池塘。池塘不是很宽，但很长。水貂比利记得这个池塘，他边跑边窃喜，因为他知道兔子彼得不会游泳，他也知道狐狸雷迪不喜欢水，所以他们两个都必须绕着它跑。而他自己游得比跑得还快。他越想越觉得在这么个大热天跑这么匆忙很愚蠢。“因为，”水貂比利自言自语道，“即使他们首先到达了池塘，他们也只能绕着它跑，而我可以游过去，而且游泳的时候很凉爽。我一定会第一个到达目的地的。”于是，水貂比利跑得越来越慢，很快就落后了。

欢乐的圆圆的红太阳公公俯瞰下面，笑眯眯地看着这场赛跑。他越笑天气就越热。兔子彼得有一件厚厚的灰外套，而狐狸雷迪有一件厚厚的红外套，他们两个都很热很热。兔子彼得无法再像刚开始一样大步地跳跃了。狐狸雷迪开始感觉很渴，舌头都伸出来了。况且水貂比利还在他们后面呢，他们也觉得不用那么匆忙了。

兔子彼得第一个到达池塘。他同意赛跑的时候没想到这个池塘。他在池塘的边缘停下，坐在后肢上。他已经能够看见池塘对岸的大山核桃树，看似很近其实很远，因为他知道他必须绕着池塘跑，然后再跑回来，那是一段非常非常长的路。不一会儿，狐狸雷迪也跑出了灌木丛，他的感觉和兔子彼得一样。水貂比利在他们后面很远的地方，一边舒适地小跑着，一边窃喜。兔子彼得沮丧地看着狐狸雷迪，狐狸雷迪也沮丧地看着兔子彼得。然后他们两个一起看着水貂比利，他们想起来水貂比利能够游到对面。

然后，兔子彼得就开始拼尽全力绕着池塘跑，狐狸雷迪也开始朝另一头绕着池塘跑。他们兴奋得都没注意到池塘里的一朵小水花。那是乌龟斯波提，他松开狐狸雷迪的尾巴，现在正游过池塘，因为你知道的，乌龟斯波提是一个游泳好手。他只要把自己黑色的小鼻子伸出来一两次呼吸空气，剩下的时间都在水下游泳，除了快乐的小微风们没有人看见他。他游到对面，爬上岸就到了大山核桃树的正下方。

大山核桃树下只剩下三颗坚果。乌龟斯波提拿了两颗到池塘的岸边，埋在泥土里，又把另一颗含在嘴里，开始往回游。就在他到达对岸的时候，水貂比利快步走过来，但水貂比利没看到乌龟斯波提。他专心地在看狐狸雷迪和兔子彼得，他们已经绕着池塘跑了一半了。他跳进池塘，溅起水花。哎呀，这凉爽的感觉太棒了！他现在不用着急了，因为他很肯定自己能赢得赛跑。所以他游了一圈又一圈，追逐鱼儿，在水里度过了一段美好的时光。过了一会儿，他抬头看了看，看到兔子彼得差不多快绕完池塘了，狐狸雷迪从另一头也快绕完了。他们两个都看起来又累又热又沮丧。

水貂比利慢慢地游了过去，爬上大山核桃树所在的岸。坚果哪去了？他看了半天，一颗坚果都找不到，但快乐的小微风们说山核桃树下有三颗坚果啊。水貂比利往这边跑跑又往那边跑跑。他四处跑着，拨弄树叶，把树枝和树皮都翻遍了，这时兔子彼得和狐狸雷迪来了。

然后他们也看了看树叶和树皮下面。他们又用爪子抓抓草丛四周，把角角落落都找遍了，但一颗坚果都没找到。他们又累又热又生气，指责水貂比利把坚果藏起来了。水貂比利坚持说他没有藏，他也没找到坚果，他们看到他也在那么努力地寻找，就相信了他。

他们一整个下午都在那儿不停地找啊找啊，把坚果含在嘴里的乌龟斯波提一整个下午都慢悠悠的，噢，慢悠悠的，径直爬过格林牧场向老白胡桃树爬去。欢乐的圆圆的红太阳公公快落到紫山后面了，他每晚都在那里睡觉，牧场上所有的人都准备回家了。他们都不知道赛跑选手们发生了什么事情，松鸦塞米看到快乐的小微风们舞动着跨过格林牧场。

“快乐的小微风们来了，他们会告诉我们谁赢得了赛跑。”松鸦塞米叫道。

当快乐的小微风们到达老白胡桃树的时候，草地上所有的人都围着他们，但快乐的小微风们只是笑笑不说话。然后，乌龟斯波提突然从高高的草丛里爬了出来，把山核桃坚果放到青蛙老爷爷的脚下。青蛙老爷爷惊讶得都让一只大的笨绿头苍蝇嗡嗡地从他的鼻子前飞了过去。

“你在哪里弄来的山核桃坚果？”青蛙老爷爷问道。

“在格林牧场对面山上的大山核桃树下。”乌龟斯波提说。

所有的快乐的小微风都拍手叫道：“他做到了，他做到了，乌龟斯波提赢得了赛跑。”

然后他们说了乌龟斯波提是通过紧紧抓住狐狸雷迪的尾巴尖到达了池塘，藏起了另两颗坚果，当水貂比利和狐狸雷迪还有兔子彼得在找他们找不到的坚果时，他又耐心地爬了回来。

所以乌龟斯波提赢得了赛跑，兔子彼得、狐狸雷迪还有水貂比利至今一颗山核桃坚果都没见到。

敬请期待

格林牧场与格林森林历险记故事系列（全 20 册）

狐狸雷迪历险记

兔子彼得历险记

飞腿鹿历险记

田鼠丹尼历险记

红松鼠查特尔历险记

大熊巴斯特历险记

莫克先生历险记

河狸帕迪历险记

浣熊博比历险记

山齿鹑怀特历险记

土拨鼠约翰尼历险记

负鼠比利叔叔历险记

麝鼠杰里历险记

青蛙老爷爷历险记

松鸦塞米历险记

蟾蜍老先生历险记

小刺猬历险记

母鸭夸克历险记

臭鼬吉米历险记

秃鹫老米斯塔赫历险记

微笑池塘故事系列（全 4 册）

水貂比利

麝鼠杰里在家

小水獭乔历险记

长腿苍鹭历险记

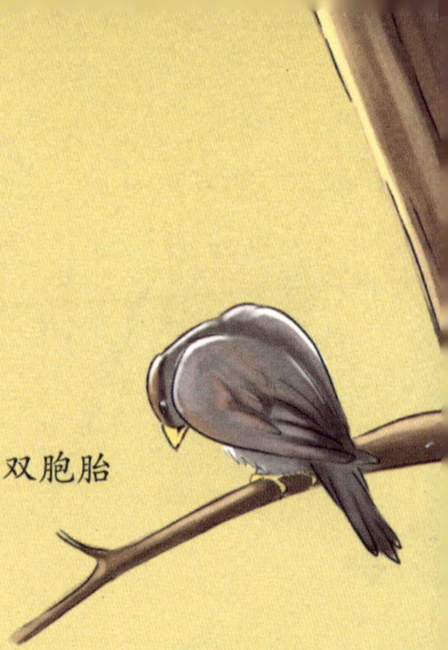

格林森林故事系列（全4册）

鹿莱特富特　乌鸦布雷奇

森林鼠怀特富特　大熊巴斯特的双胞胎

格林牧场故事系列（全5册）

快乐的松鼠杰克　兔子彼得夫人

猎犬鲍泽　狐狸奶奶

亲爱的蔷薇丛

许愿石故事系列（全3册）

汤米和许愿石　汤米实现愿望

汤米变心记

童子军故事系列（全4册）

丛林营地的童子军　斯威夫特河上的童子军

迷失小路上的童子军　捕兽营地的童子军

睡前童话故事系列（全5册）

圣诞驯鹿　儿童海岸

最美最美的动物童话　最美最美的鸟儿童话

会讲故事的房子